CUENTO
DE LUZ

A Charo Romeu, que sabe mirar el mundo
a través de los agujeros del aire.

- Carmen Gil -


A mis sobrinos Carla, Miguel y Rodrigo; para que sus
sueños se llenen de agujeros como los de este cuento.

- Mónica Carretero -

**La caja de los agujeros**

© 2013 del texto: Carmen Gil
© 2013 de las ilustraciones: Mónica Carretero
© 2013 Cuento de Luz, SL
Calle Claveles, 10 | Urb. Monteclaro | Pozuelo de Alarcón | 28223 | Madrid | España
www.cuentodeluz.com

ISBN: 978-84-15784-40-1

Impreso en China por Shanghai Chenxi Printing Co., Ltd., Julio 2013, tirada número 1381-1

FSC
www.fsc.org
MIXTO
Papel procedente de
fuentes responsables
FSC® C007923

# Carmen Gil

# La caja de los agujeros

## ilustrado por Mónica Carretero

Andrea llegó a casa muy contenta. Llevaba entre sus munos la caja de los agujeros que le había vendido el señor Germán.

—Pero, Andrea —la riñó su madre—, los agujeros no son nada. ¡Esta caja está vacía!

—No está vacía —dijo la niña, que se fue a su habitación con la caja apretada contra su pecho.

La destapó con cuidado, metió la mano dentro y sintió que un puñado de mariposas aleteaba en su corazón.

Andrea sacó un agujero de su interior y lo miró con curiosidad. Tenía forma de hoja de roble.

De pronto, oyó una voz enfadada:

—¡Eso es mío! —dijo un ratón de orejas tiesas que daba vueltas alrededor de la pata de una silla—. Soy el ratón Pérez, y lo que acabas de sacar de la caja es uno de los agujeros de mi queso gruyer.

Andrea se sentía fascinada. ¡Estaba hablando con el mismísimo ratón Pérez!

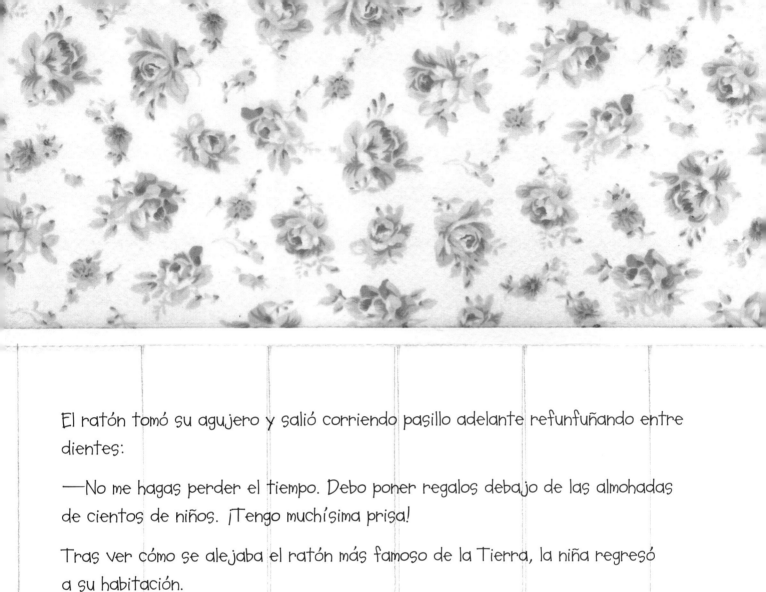

El ratón tomó su agujero y salió corriendo pasillo adelante refunfuñando entre dientes:

—No me hagas perder el tiempo. Debo poner regalos debajo de las almohadas de cientos de niños. ¡Tengo muchísima prisa!

Tras ver cómo se alejaba el ratón más famoso de la Tierra, la niña regresó a su habitación.

Llena de ansiedad, volvió a sacar un agujero de la caja.

Tenía el tamaño de la tapa de un frasco de mermelada.

Quien entró esta vez en la habitación no fue el ratón Pérez en busca del agujero de su queso gruyer.

Justo enfrente de Andrea apareció de repente una niña con caperuza roja y una cestita en la mano.

—¡Ay! —se quejaba la pobre chiquilla—. He perdido uno de los agujeros de mis donuts. Ahora parece una galleta... ¡Y a la abuelita no le gustan las galletas!

Andrea la había reconocido enseguida: ¡Se trataba de Caperucita Roja!

Así que le devolvió rauda su agujero y Caperucita se marchó feliz hacia la casa de su abuela.

A la niña, el corazón se le iba a salir del pecho con tantas emociones. ¿Qué pasaría ahora? Andrea no quiso esperar y tomó entre sus dedos, con mucha delicadeza, un agujero pequeño como el botón de la camisa de un duende.

Quien entró esta vez en la habitación no fue el ratón Pérez en busca del agujero de su queso gruyer, ni Caperucita Roja en busca del agujero de su dónut...

Por la ventana, volando en su escoba, se coló la bruja Bernardeta, una señora nariguda y desgreñada con gorro de cucurucho.

—Pero... ¿se puede saber qué haces con uno de los agujeros de mi colador de fabricar pociones? Desde que me falta, todos los encantamientos me salen al revés. Ayer quise convertir a un príncipe en sapo y lo transformé en huevo frito. ¡Dámelo enseguida!

Andrea no se lo pensó dos veces. Le entregó su agujero y, después de observar cómo la bruja se chocaba con un árbol del jardín y atravesaba una nube de tormenta, la vio desaparecer en la lejanía.

En cuanto se fue Bernardeta, Andrea abrió la caja y sacó un agujero grande como una rueda de carro o como el sombrero de su madrina.

La niña estaba nerviosa esperando una nueva visita.

Quien entró esta vez en la habitación no fue el ratón Pérez en busca del agujero de su queso gruyer, ni Caperucita Roja en busca del agujero de su dónut, ni la bruja Bernardeta en busca del agujero de su colador...

Una princesa, sujetándose la corona y temblando más que un dulce de gelatina, salió de la nada.

—¡Ay, niña mía! Ayúdame, por favor. Soy la princesa Hermelinda y estoy buscando el agujero del muro por el que huir de las garras del dragón.

Efectivamente, no tardó mucho en hacer su aparición un dragón de tres cabezas, naranja y morado, intentando atrapar a la princesa.

Menos mal que Andrea le dio su agujero.

La princesa, en un pispás, pudo escapar por él; y el dragón, con cara de bobo, se tuvo que marchar por donde había venido.

La niña no quería que aquello parara. Así que, sin perder un segundo, extrajo un nuevo agujero de la caja: era un agujero redondo como una cereza, una moneda o el sombrero de un champiñón.

—¡Eh! Pon un poquito de cuidado, por favor —le pidió desde una esquina un señor vestido de terciopelo—. Tienes en tu poder un agujero real.

—¿Un agujero real? —preguntó Andrea asombrada.

—¡Claro! Es el agujero del calcetín del rey Gumersindo IV, por el que se asoma a ver el mundo su soberano dedo gordo del pie.

Efectivamente, de debajo de la alfombra salió un monarca con cetro, corona de oro y un solo zapato. Una vez recuperado el agujero, rey y lacayo se esfumaron ante la mirada atónita de Andrea.

Andrea ya había sacado un nuevo agujero: el ejemplar más negro y profundo que nadie pudiera imaginar.

Estaba segura de que algún personaje curioso vendría a buscarlo.

Quien entró esta vez en la habitación no fue el ratón Pérez en busca del agujero de su queso gruyer, ni Caperucita Roja en busca del agujero de su dónut, ni la bruja Bernardeta en busca del agujero de su colador, ni la princesa Hermelinda en busca del agujero del muro, ni el rey Gumersindo IV en busca del agujero de su calcetín...

Abriendo enérgicamente la puerta, se plantó ante sus ojos su madre. ¡Y parecía muy enojada!

—Deja de perder el tiempo con tonterías, hija —la regañó—, y ven a ayudarme.

Desde que el papá de Andrea se marchó, su mamá había perdido la sonrisa.

—Ya voy, mami. —La niña examinó toda la habitación extrañada.

¿Dónde estaría el propietario del agujero?

Esa tarde, como nadie había venido a buscar el agujero negro, Andrea decidió colarse por él. Nada más entrar, se encontró con el ratón Pérez:

—Agárrate a mi cola. Voy a guiarte por estos túneles oscuros. Siguiendo al señor Pérez, la niña llegó a un bosque extenso y silencioso.

De detrás de un roble centenario, salió Caperucita Roja.

—Ven conmigo —le dijo—. Conozco este lugar como la
palma de mi mano. Lo atravesaremos juntas.

Pero el bosque era enorme y a Andrea se le agotaban las fuerzas.

Ya estaba pensando en volver por donde había venido cuando apareció Bernardeta.

—Móntate en mi escoba. ¡Y agárrate fuerte!

La bruja, tras llevarse por delante a un marciano que hacía turismo con su platillo volante, aterrizó en la puerta de un castillo.

—Espera —la llamó la princesa Hermelinda desde el balcón—. Salgo enseguida a abrirte.

Hermelinda, muy diligente, la condujo hasta un salón dorado, donde la esperaba el rey Gumersindo IV sentado en su trono.

El monarca miraba a la niña con gesto serio y grave.

—Bienvenida. Estás en el Castillo de los Deseos —le explicó—. Cualquier deseo que formules te será concedido en un abrir y cerrar de ojos.

Andrea no tuvo duda alguna.

—¡Quiero la sonrisa de mamá!

En menos que maúlla un gato, la niña recorrió los pasillos de vuelta a casa con una sonrisa enorme y luminosa en las manos.

En cuanto su madre la recibió, sintió cosquillas por dentro. Y un revuelo de campanas alborotó su corazón.

Por una rendija, sigilosamente, entraron el ratón Pérez con el agujero de su queso gruyer, Caperucita Roja con el agujero de su dónut, la bruja Bernardeta con el agujero de su colador, la princesa Hermelinda con el agujero del muro y el rey Gumersindo IV con el agujero de su calcetín.

Juntos celebraron el hallazgo de la sonrisa perdida.

Y aunque la mamá de Andrea también los vio, no quiso contárselo a nadie.

Después de todo, ¿quién iba a creerlo?

## Carmen Gil (Cádiz)

Nació en La Línea de la Concepción (Cádiz). Pasó su niñez y parte de su juventud entre temporales de levante y de poniente, y el mar se le metió dentro. Ahora vive en Aracena, un pueblo serrano de la provincia de Huelva; pero pasa largas temporadas en la costa.

Lleva bastantes años dedicada a la enseñanza y a escribir para niños. Para ellos, y con ellos, ha hecho un poquito de todo: teatro, títeres, cuentacuentos, talleres de danzas del mundo... ¡y hasta algo de magia! Pero lo que más le gusta es jugar con las palabras, por eso se dedica a escribir...

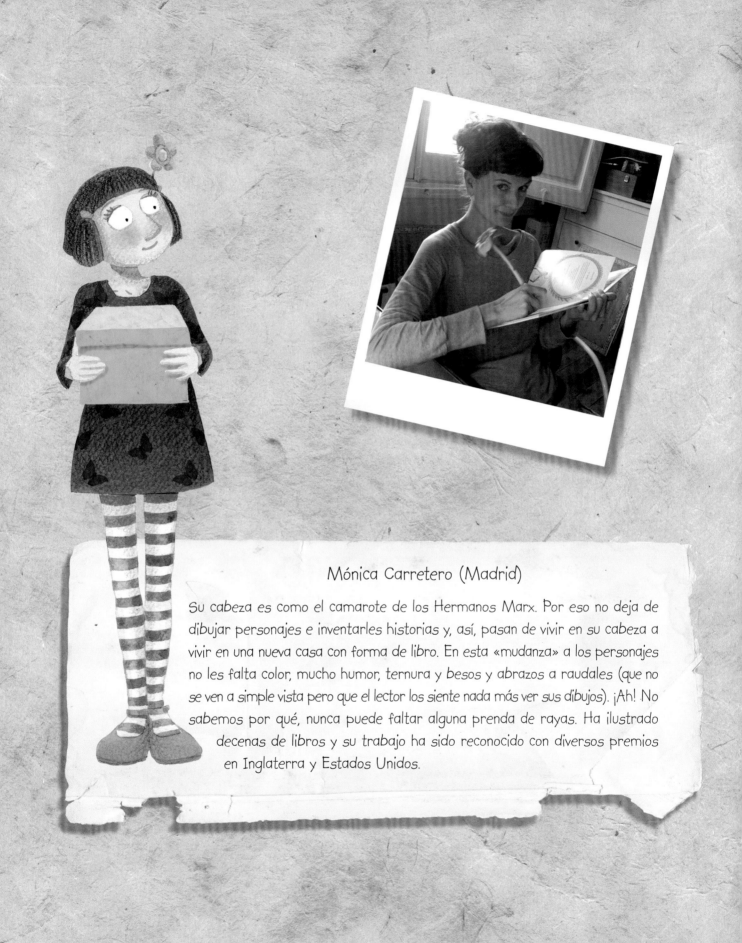

## Mónica Carretero (Madrid)

Su cabeza es como el camarote de los Hermanos Marx. Por eso no deja de dibujar personajes e inventarles historias y, así, pasan de vivir en su cabeza a vivir en una nueva casa con forma de libro. En esta «mudanza» a los personajes no les falta color, mucho humor, ternura y besos y abrazos a raudales (que no se ven a simple vista pero que el lector los siente nada más ver sus dibujos). ¡Ah! No sabemos por qué, nunca puede faltar alguna prenda de rayas. Ha ilustrado decenas de libros y su trabajo ha sido reconocido con diversos premios en Inglaterra y Estados Unidos.